Deutsche Reise nach Plovdiv

»Deutsche Reise nach Plovdiv«, herausgegeben von Hans Thill.

Diese Edition ist eine literarische Reihe des Künstlerhauses Edenkoben, einer Einrichtung der »Stiftung Rheinland-Pfalz für Kultur«; verantwortlich: Ingo Wilhelm.

Bergstraße 21
69120 Heidelberg
www.wunderhorn.de

Satz: Cyan, Heidelberg
Druck: Fuldaer Verlagsagentur, Fulda
ISBN: 3-88423-216-9

BRIGITTE OLESCHINSKI

Argo Cargo

Essay

Mit der CD „Argo Cargo – Wie Gedichte singen“

Wunderhorn

wir reisten, (eher:) wurden gereist, irgendwer

zahlte das Zimmer, gab uns ein Kingsize-Bett, einen Vorhang aus Regenzeitrauschen

Entäußerung – ein so seltsames Wort, es steht in der Luft wie in durchsichtigen Buchstaben, über dem sonnensatten Garten mit seinem Feigenbaum, seiner Quitte, ein Wort zum Anschauen, nicht zum Hören, plötzlich steht es da, und ich weiß: das ist der Schlüssel – genauer gesagt, steht es da als *Entäuszerung*, in der Schreibweise des Grimmschen Wörterbuchs, oder, noch genauer: ich lese das „s" darin als ein langes „ſ", so, wie es sich mir in den frühen Jahren eingeprägt hat (die Hälfte der Bücher, die ich als Kind las, waren in Fraktur gedruckt) – diese durchsichtige Erscheinung also über der ausgewucherten Hecke, den Ziegelkrusten auf der hohen weißen Mauer rundum, während ich auf der Veranda sitze, eingerahmt von dunklen Balken, auf die nur das altmodische Wort *Schnitzwerk* paßt (wobei „altmodisch" selbst schon wieder altmodisch klingt), diese durchsichtige Erscheinung ist der Schlüssel zu einer Nachschrift, die ich den Gast- und Geldgebern, aber auch mir selbst lange versprochen habe: anfangs, als ich noch dort war, tief im bulgarischen Süden, und später, als das Argo-Projekt in seine Berliner Phase eintrat – nicht ahnend allerdings, daß die Nachschrift mit einem so unübersetzbaren Wort beginnen würde, oder zumindest einem unübersetzbaren Detail: wie soll sich das lange „ſ" der deutschen Fraktur im bulgarischen Kyrillisch ausnehmen?

Frage ich mich jetzt, längst nicht mehr auf der Veranda, da ist kein Duft mehr nach Myrrhe und Efeu und altem Holz, das in der Wärme zu summen scheint, da ist kein Tisch mehr auf der Veranda, an dem ich schreibe, da ist die riesige Truhe nicht mehr, auf der ich tagsüber mit meinen Büchern sitze, meinen Kaffeetassen, und nachts das Bettzeug auslege, während sich die Katzen über die Mauerkrusten schleichen und draußen, jenseits des Gartens, die letzten Altstadtzecher ihren Heimweg suchen –

Warum hat sich damit, Monate später, das Stichwort *Entäußerung* verknüpft, während ich damals, in Plovdiv, eher mit dem Gefühl des Draußen-Schlafens beschäftigt war? Draußen-Schlafen hatte mit Indonesien zu tun, mit der Erinnerung an noch wärmere Nächte, an die Gärten, Innenhöfe, Terrassen und offenen Häuser, in denen ich zu übernachten begann, ohne mich länger vor Insekten zu fürchten, oder vor Fremden, wie beschützt vom Geräusch der über die Wände huschenden Geckos –

Vertrauen war ein Geruch

wie sein Geruch in sie eindrang, wie er ihre kalten Glieder
bewegte und in Schlaf fiel

Draußen-Schlafen, Draußen-Stimmen – nein, zuerst ist da die innere Stimme, damit beginnt alles. Die innere Stimme der Gedichte. Ursprünglich (wie lange ist das her? fünfzehn Jahre? fünfundzwanzig?) habe ich mir nicht einmal vorstellen können, daß Gedichte überhaupt gesprochen werden, Gedichte, wie ich sie im Kopf hatte, jedenfalls nicht, aber ich konnte mir auch ein Hölderlin-Gedicht, ein Celan-Gedicht nicht gesprochen vorstellen, weder von den Schauspielstimmen noch vom Autor, es erschien mir widersinnig – nicht, daß sie in meinem Kopf stumm gewesen wären, im Gegenteil, aber die innere Stimme war nicht verknüpft mit einer realen Stimme, es war ein Klang, der ausschließlich aus den geschriebenen Zeilen entstand. Ich wußte immer, daß die innere Stimme da ist, daß sie die Wörter und Zeilen spricht, die ich schreibe, und doch spricht sie sie so, wie sie auf dem Papier erscheinen, nicht, wie sie zu hören wären, könnte das innere Sprechen sich in einer realen Stimme artikulieren –

Ich kam Ende August nach Plovdiv, nahm das Wiedergeburtszimmer in Besitz, die Veranda, den Garten, das Wiedergeburtszimmer war eng, fast erdrückend in seiner historischen Konservierung, das Fenster zur abfallenden Straße ein Erker über Kopfhöhe, die Wände dunkel, die imposant geschnitzte Decke noch dunkler, aber die Fenster zur Veranda hin erinnerten eher an einen Wintergarten oder eine Laube, rührende Spitzenvorhänge, und die Veranda selbst war geräumig, ein Ort zum Leben, zum Schreiben, ich trug den Laptop nach draußen, die Tassen mit Ingwerkaffee, abends das Bettzeug ... – halb dachte ich mich noch in Indonesien, halb sickerte schon die Antike ein, das thrakische Gefühl, dabei saß ich auf der Truhe, das Holz summte Wärme, und hörte *Linkin Park* –

ich ist der Vogel-

darm, durch den sie reisen müssen, schlafendeKeime

Wenn die innere Stimme nicht nach außen treten kann – was bedeutet das für ein Sprechen, ein Rezitieren der Gedichte? Reales Sprechen, in seiner linearen Entfaltung formt die Erfahrung, den Körper zu verlassen, aus sich herauszutreten in einen realen Raum, der nicht der eigene Körper ist. Die reale Stimme transzendiert den Körper, ohne (wie das Denken) diesen Raum außerhalb des Körpers zu entwirklichen; im Gegenteil macht sie ihn erst fühlbar. Aber niemand verläßt seinen Körper wirklich – es sei denn sterbend. Sobald ich auf das Wort Körper zu horchen beginne, taucht in mir die Vorstellung von etwas Totem auf, wie eine Erinnerung daran, daß im Mittelhochdeutschen die Bezeichnung Körper (aus dem lateinischen *corpus*) das ältere Wort Leiche verdrängt hat. „Leiche" ist mit „gleich" verwandt, und das bedeutet etwas wie „Gestalt“. Aber im Englischen ist es umgekehrt – dort ist aus *corpus* das Wort für den toten Körper geworden, *corpse,* während der lebende Körper *body* heißt, was aus der Familie der Wörter für Gefäße zu kommen scheint. Daß heute im Deutschen „Leiche“ nur einen *toten* Körper bedeutet, während das Wort Körper alles meinen kann, wie im Falle des lateinischen *corpus*, scheint darauf hinzudeuten, daß bei Bezeichnungen für den Körper die Unterscheidung in tot oder lebendig eine schillernde Frage ist, wichtig und unwichtig zugleich –

Wo also beginnt das alles, wenn *Entäußerung* der Schlüssel wäre, dieses durchsichtige Wort über der Veranda, ein wenig flimmernd in der Septemberhitze ... – eins dieser Wörter, die sich selbst zu widersprechen scheinen, so wie „ent-falten“ oder „ent-fesseln“, es wird eine Handlung beschrieben und im selben Wort, durch die bloße Vorsilbe, ihr Gegenteil – die Etymologie verfolgt die Vorsilbe *ent-* oder *ant-* bis weit in Sprachgeschichte zurück, zu einer indoeuropäischen Wortwurzel, die etwa „Vorderseite, Stirn“ und damit auch ein „gegen, gegenüber“ bedeutet, wie im Griechischen das Präfix *anti-* – mehrere Bedeutungsschichten auch für „äußern“, das im Mittelalter nicht nur „zum Ausdruck bringen, aussprechen“ bedeutet, sondern ebenso, mit einem Unterton der Rechtsverbindlichkeit, „herausgeben, bekanntgeben“ bis hin zu „veräußern, ausweisen, ausschließen“, so daß *entäußern* gern mit „sich einer Sache begeben“ umschrieben wird, in einem eher juristischen Sinn, während mir der Pfingstklang im Ohr schwebt, eine Nähe zu „entrückt“, dieses selbstvergessene Zungenreden –

das Gras

läuft überland, hügelab, hügelan, wird
Reis und Tee und wieder Gras

Die tropische Luft, zum erstenmal: ich trat durch die Klimatüren hinaus, es war dieselbe gesichtslose Umgebung wie um jeden Flughafen herum, Zufahrtsrampen und Fahrbahnmarkierungen, der vorgefahrene Hotelbus, Angestellte in Uniformen, aber die Luft – wie eine Fruchtwasserblase, ein anderes, im selben Augenblick schon vertrautes Element, die Grenze zwischen Körperinnen und Körperaußen von einer Sekunde zur anderen durchlässig, flutende Reize von überallher. Es war nicht ich, in einem bewußten Gedanken, die ja gesagt hätte zu dieser Weltregion, es war mein Körper, der ja sagte: Ja, hier will ich bleiben. Atmen, Schwitzen, Gehen, nichts ist wie zuhause, alles verflüssigt sich, wird weich, zärtlich, erfahrbar, möglich – Wahrscheinlich ist das schon der Moment, in dem sich alles entscheidet, dieser Moment, in dem der eigene Körper ja sagt oder auch nein. Ich kann mich durch die gläsernen Türen treten sehen wie eine undeutliche Spiegelung all dieser europäischen Seelen in der Literatur, die sich, von den Tropen infiziert, für immer in Ruhelose verwandeln, hin- und hergerissen zwischen zwei Welten. Sie verlieren ebensoviel, wie sie vielleicht gewinnen, aber sie können diesen Moment nicht rückgängig machen, sie treten in den nächsten klimatisierten Raum schon mit einem kurzen Schauder der Enttäuschung. Wir waren noch in Singapur, die Kulisse so westlich wie in einem Ferienpark, wäre die Luft nicht gewesen, diese andere Luft, ich hätte mich auch in Rom oder London glauben können. – Nein, noch etwas ist anders, nicht nur die Luft. Ich sehe diese eher kleine Gestalt vor den Türen, jetzt wendet sich sie um, weil ein neuer Schwung Passagiere an ihr vorbeidrängt, Fremde wie in jedem Flughafen. Fremde, die mir weniger fremd erschienen als Fremde anderswo, obwohl ich ihre Sprache nicht verstand, ihre Kultur nicht kannte. Ich weiß aber, daß ich mich das dort gar nicht gefragt habe, ich wunderte mich erst Tage später, welche Rolle es spielt. Etwas so Simples: Menschen auf Augenhöhe. Für mich waren sie plötzlich alle auf Augenhöhe. – Ich erinnere mich, wie wir in Makassar landeten, einem echten Provinzflughafen, es war genauso warm wie in

Singapur, aber die Ferienparkkulisse war weg, die neuen Geräusche und Gerüche, das andere Grün, die ein wenig heruntergekommen wirkenden Gebäude waren real, hautnah, wir gingen über das Rollfeld ins Flughafengebäude, mußten unsere Pässe vorlegen bei den Provinzbeamten, hinter der Sperre winkten unsere Gastgeber, und in diesen paar Schritten durch den Flughafen klappte sozusagen meine europäische Perspektive um in eine andere, plötzlich war alles dort das „Normale", Selbstverständliche, Gegebene, auch für mich, obwohl ich mir meiner eigenen Abweichung in Aussehen und Sprachlosigkeit völlig bewußt blieb – ich hatte, als wir losflogen, keine deutliche Vorstellung davon, wie ich mich in Südostasien fühlen würde, ob es mir viel fremder sein würde als die USA, unvertrauter als Polen oder Portugal oder Finnland; meine konkreteste Sorge war die, daß ich mich ständig vor ekligem Kleingetier fürchten würde –: eine Furcht, die in sich zusammenfiel im ersten Privathaus, das wir besuchten. Das Haus lag in einer Gegend, die einer hiesigen Kleingartenkolonie ähnelte, alle Fenster und Türen standen offen, ein paar Fliegen summten über dem Buffet – dieselbe Art Fliegen, *musca domestica*, von der sich gerade zwei hinter meiner Berliner Jalousie verfangen haben –, und während ich in einem Gemisch aus Englisch und Deutsch mit einem älteren Herrn sprach, der *Sah ein Knab ein Röslein stehn* vorsingen konnte (ich gottseidank auch), bemerkte ich im Augenwinkel eine huschende Bewegung an der Wand, erstarrte –: und dann, als ich wieder hinsah, war es der zierlichste Gecko, handspannenlang, eidechsenschön (nun gut, das war, bevor ich mit den Kakerlaken im Hotel Bekanntschaft machte ...) –

Was nicht die ganze Erfahrung war, nur ihre äußerste Haut, ein paar Anlässe, Eindrücke, dahinter beginnt es erst. Begann die Reise, beginnen die Fragen. Das Wort Tropen, das auf dem griechischen Wort für ‚Wendung' basiert, in seiner beunruhigenden Mehrdeutigkeit. Um sechs Uhr morgens sah ich die Sonne aufgehen, die Klimaanlage surrte, um sechs Uhr abends ging sie unter, bei gleichbleibender

Wärme der Nacht, auch der Regen, selbst als Sintflut, gleichbleibend warm. Wie lang denn die Tage im Sommer seien, fragte ich einmal schläfrig, nicht gefaßt auf das Erstaunen über die Frage, bis mir wieder einfiel, warum der Äquator Äquator heißt. Tropen, die Zone der Tag-und-Nachtgleiche zwischen den Wendekreisen, und *trepein*, das Verb für „wenden, umkehren, in die Flucht schlagen, sich ändern, die Flucht ergreifen". Wir machten einen Sprung nach Solo in Zentraljava, reisten später mit dem Zug weiter nach Bandung in Westjava, schließlich mit dem Bus nach Jakarta. Alles in allem – sagt die skeptischere Stimme in meinem Kopf, eine von vielen –, alles in allem war es ein ungemein privilegierter Eintritt in diesen fremden Teil der Welt: in einer kleinen Gruppe unterwegs zu sein, die durch familiäre Brücken und Sprachkenntnisse schon mit Indonesien verbunden war, eingeladen zum Ersten Internationalen Poesiefestival in Indonesien (das an die Tradition internationaler Lyrikfestivals weltweit anknüpft) und herumgereicht als Gäste des einheimischen Dichters und Theatergründers W.S. Rendra, dessen Name im Land die Türen für uns weit öffnete. – Allein das: daß zeitgenössische Poesie uns die Türen so weit *öffnete*, daß wir Bühnen und Podien dafür fanden und ein in die Tausende gehendes, über die Maßen begeisterungsfähiges Publikum. Während wir in Europa längst daran gewöhnt sind, daß Dichtung nur noch als verschworenes Ritual einer minoritären Sekte gilt, nutz- und erfolglos in einer von anderen Medien überformten Gegenwart, erlebten wir dort etwas wie ein aktuelles Bedürfnis, einen Hunger nach Poesie –

Vielleicht war es auch weniger ein Hunger nach Poesie als einer nach öffentlicher Rede, nach der Aura von Bühnenauftritten und internationalen Pop-Gesten, der uns diesen Rausch aus Scheinwerferlicht, Beifallsstürmen, Autogrammjagden beschert hat. Die öffentliche Rede als Politikum, eine Gratwanderung zwischen säkularen und muslimischen Auditorien, der Pop-Gestus als beliebige Cross-Culture-Formel ... – So fühlte es sich natürlich nicht an, keine erfolgreiche Tournee fühlt sich so an, unterwegs zählt nur die Eigendynamik dieser ständigen Abfolge von Auftritten, Podiumsdiskussionen, TV-Aufzeichnungen, umrahmt von Einladungen und Empfängen, Tanzgruppen, Buffets, Gamelanorchestern; spätnachts schlenderten wir durch die Innenhöfe eines alten Palasts, eines Ateliers, tagsüber war immer noch Platz für die Fahrten über Land, zu Teeplantagen, Tempeln, Schattenspielwerkstätten, den einen Tag strahlende Sonne, den nächsten Gewitter, strömender Regenwald, einmal kletterten wir, vom Kopf bis zu den Zehen durchweicht, neben einem herabdonnernden Wasserfall in eine verwunschene Höhle hinauf, einmal brachte uns ein winziges Boot zu einer Koralleninsel, auf der eine einzige Großfamilie lebt (von Touristen wie uns), dann wieder ein Bazar, ein königliches Essen in einem Garten in den Bergen, die Landschaft wie gestickt, Reisterrassen, Gemüsefelder, alle Eindrücke unglaublich dicht, unglaublich lebendig, die schnellen Zungenschläge, das unsichtbare Zirren, wie Musik in der Luft, Laubvögel, Laubfinger, Laubwind ... – Mehr Ähnlichkeiten als Unterschiede, suggerierte das Gruppengefühl, eine elastische Schutzhaut um alle Alltagsfragen, die Hotels, Übersetzungen, Mahlzeiten, Transporte, das Gepäck, alles regelte sich wie unsichtbar im Hintergrund, während wir auf die nächste Bühne gewinkt wurden, das gleißende Licht, die Erwartung, wir sagten *Selamat malam!*, ehe wir auf englisch weitersprachen, Beifall brandete auf, und dann zählte nur noch die Stimme, der Gestus, ehe die Übersetzungen zu hören waren. – Bühneneindrücke also: die, die wir selbst hinterließen, und die, die wir aufnahmen. Deutlich gegenwärtiger war die orale Tradition der Poesie, die gestisch-rhetorischen, oft stark rhapsodischen Elemente leuchteten auch ausländischen Ohren sofort ein. Es war wirklich ein Erlebnis von *Stimmen*, Fetzen von Gesang und Wechselrede, eine Gestik der Evokation und des Appells –

I am inhabited by a cry (Silvia Plath) – schrieb ich schließlich auf die Leinwand, am letzten Tag des Festivals, alle schrieben auf diese Leinwand, schrieben, zeichneten, unterzeichneten, ich schrieb *I am inhabited by a cry* –

die Truhe voll abgestorbener

Telefone, die durch den Quittengarten treibt, spätnachts legt sie ab

Auch das hat sich erst später herausgestellt als der Beginn, der es tatsächlich war – für zwei Versuche, die sich seither in meinem Kopf nicht voneinander trennen lassen, weder materiell noch gedanklich: Laut Lesung und Argo Cargo – eine Perfomance das eine, eine CD das andere, beide gleich weit entfernt von allem, was ich vorher über die innere Stimme und den Klang des Denkens gedacht habe, und noch längst nicht bin ich sicher, daß sie nicht einfach Irrwege darstellen, Umwege –

Das summende Holz der Verandabrüstung, der summende Laptop – eine huschende Bewegung – nein, etwas langsamer, die über das Papier wandernden Zeilen ...: seit etlichen Minuten sitze ich da und denke an meinen ersten Schulfüller, an das Gefühl, das die Federspitze auf dem Papier erzeugte, einen mittelbreiten blauen Strich (königsblau, und der Füller war ein Geha-Füller, was damals eine Art Religion war: die einen schrieben mit Geha-Füllern, die anderen mit Pelikan) – ich kann mich nicht mehr erinnern, wie ich schreiben lernte; da ist nur die vage Vorstellung von einer quietschenden Schiefertafel, von mühsamen „a“s und „o“s in einem Erstklässlerheft, aber wann genau die Magie erwacht ist, die von eigenhändig hingeschriebenen Worten ausgeht, weiß ich nicht mehr, auch nicht, ob sie sich parallel mit der Magie des Lesens entwickelt hat (daran, wie ich die ersten Buchstaben und Wörter lesen konnte, erinnere ich mich noch weniger) – jedenfalls tauchte dieser blaue Strich plötzlich in den Gedanken über die innere Stimme auf, ein wenig zittrig und ungeschickt, mit zu starkem Druck aufs Papier gebracht (und dann bewegte er sich weiter, wurde wellenförmig, Wellen, die gegen den Bug schlugen, der Beginn einer Reise ... –): wie hat sich diese innere Stimme denn entwickelt, wie ist für sie dieses zwingende Verhältnis zu Poesie als Schrift entstanden –

Aber ich bin in keinem Schiff gereist, ich bin geflogen, nach Sofia, nach Singapur – Orpheus war der, der in einem Schiff gereist ist, und immer noch frage ich mich, warum sie ihn überhaupt mitgenommen haben – warum Orpheus, auf der schöngefügten *Argo*, die aus dem thessalischen Jolkos aufbricht, beladen mit allen Helden Griechenlands, um am entfernten Ende der befahrbaren Meere das Goldene Vlies zu erobern? Warum ihn, wenn die eigentliche Heldengeschichte bloß davon handelt, daß ein abergläubischer König einem unheilvollen Orakel entgehen will und Jason auf seine abenteuerliche Reise schickt, um ihn aus dem Weg zu schaffen? Und Orpheus nur zweimal vorkommt im ganzen Epos, abgesehen davon, daß er als erster in der Aufzählung der Mitreisenden genannt wird? Orpheus, Sohn der Muse Kalliope und des Thrakers Oiagros, Herrscher über das bistonische Pierien ... – *Man sagt aber, jener habe die harten Felsen in den Bergen und die Strömungen der Flüsse mit dem Klang seiner Lieder bezaubert, wildwachsende Eichen grünen noch heute als Zeichen jenes Gesangs an der thrakischen Küste bei Zone; nebeneinander stehen sie dort dichtgedrängt in Reihen, jener hat sie mit seiner Leier bezaubert und geradewegs von Pierien hinabgeführt –*

Warum also Orpheus? Die Frage tauchte wieder auf neben dem Wagenfenster, ich konnte die Rhodopen sehen, der thrakische Sommer ein weißer Dunst über den ausschwingenden Bergrücken – der CD-Player spielte aufgepeppte bulgarische Volksmusik, während wir fuhren, ein synthetischer Rhythmus lag darunter, Poparrangements, aber die Stimme, die sang, ging mir durch Mark und Bein – Serpentinen jetzt, die Straße eng über einem engen Tal, flammendes Laub an den Steilhängen, Felsnadeln, die Fernsehleute im Wagen fingen an, die Texte mitzusingen – und plötzlich war es, als säße ich in einem anderen Wagen, der sich ein ähnliches Gebirge hinaufschraubte, viele tausend Kilometer östlich, seit Stunden hörten wir dieselbe Kassette, indonesische Popmusik, wieder sangen die anderen mit, und wieder erklärten sie mir dasselbe, was auch die bulgarischen Fernsehleute mir zu erklären versuchten: daß die Lieder Gedichte seien, eine unbeschreibliche Einheit von Wort und Klang – selbst die Melodien schienen einander zu ähneln, obwohl sie aus gänzlich unterschiedlichen Musiktraditionen stammten. Was ich verstand, war aber nicht die Poesie (hilflose Gesten der Mitsingenden, in Bulgarien, in Indonesien, wenn ich sie um Übersetzungen bat: wie *schön* das gesagt sei, und wie vollkommen unübersetzbar ...) – was ich „verstand", waren die Musik und die Stimmen –

Scheinstimmen in der Dämme-

rung, die sich hinter der rostweißen Schranke zum Strandbad
aus den Schlafsäcken schält, angeweht

Die Theorien hinter mir lassen, die antiken Bezüge, das zusammengelesene Wissen über Rhetorik und Rezitation, Stimmschulen, Sprechtechnik, das alles hinter mir lassen und nur vorangehen, in den dunklen Raum, als den ich mir jede Bühne denke, einen dunklen, blinden Raum, obwohl keine Bühne das ist: dunkel, blind, wenn ich mich auf den Weg nach vorn mache, immer sind schon die Scheinwerfer da, ein augenbetäubendes Gleißen von oben, und hinter ihnen das unsichtbare Atmen, eine atmende Erwartung, ich komme die letzten Schritte durch den Seitenraum, der voller Kulissen steht, Kulissenteile, Kabelrollen in der trüben Notbeleuchtung, über dem Durchgang ein neongrünes Schild: ACHTUNG ABSTURZGEFAHR (nicht erfunden!, tatsächlich gesehen im Theater in Bremen) –

Die Phantasie ist immer dieselbe, während die Sohlen anfangen über die Bühne zu gehen, es ist die Idee, blind zu sein, blind über die Bühne zu gehen, den weiten leeren Raum um mich nur als unfaßbare Ausdehnung zu spüren, eine dunkle Leere, und die Scheinwerfer nur wie eine Wärmescheide, so daß ich zugehe auf den fühlbaren Sog des Atmens und der Erwartung vor mir, bis die Wärme mich aufhält, dicht vor dem Bühnenrand, dicht vor dem Absturz –

Aber wieder bin es nicht ich, die da geht, wieder sind es die Sohlen eines Körpers, den ich gehen spüre, als wäre er nicht mein eigener, und was ihn nach vorn treibt, an diesen Abgrund von Wärme und Erwartung, ist etwas meinem Ich sehr Fernes, etwas, das der Reflexion kaum zugänglich ist: es erscheint nur in diesem einen Moment, in dem ich (noch „ich", noch Absicht) den Mund öffne und dieses Ferne, Fremde aus dem Körperinnern aufsteigt, die Resonanzräume im Kopf durchquert und nach draußen austritt, davonfliegt –

Gedichte auf der Bühne – nennen wir es „Bühne", auch wenn der Ort oft ein anderer ist, vom engen Lesecafé über die schallschluckende Stadtbibliothek, den gesichtslosen Vortragssaal, das zugige Foyer bis zur Event-Location –, Gedichte auf der Bühne also scheinen beides auf einmal zu wollen, eine mimetische Rückkehr zu den mündlich-musikalischen Anfängen der Poesie und zugleich ihre Weiterentwicklung in die medialisierte Unterhaltungskultur von heute. Wobei sich diese beiden Richtungen vielleicht gar nicht so klar trennen lassen, weil Gedichte heutzutage nicht bloß auf die Bühne nebenan geschickt werden, sondern auch weit weg, auf Bühnen in anderssprachigen Ländern, fremden Kulturräumen. Aus der Stille der Schrift, der Stille des Lesens heraus nimmt sich das leicht aus wie ein internationaler Wanderzirkus in Sachen Kultur, eng verflochten mit ähnlichen Zirkusbranchen wie Musik, Theater, Tanz, Theorieproduktion. Dennoch ist die Situation von Gedichten darin eine andere als die der darstellenden Künste –

die eigentliche Haut

schien aus Frottee zu sein, ein minzblauer
Stickstoff-BH

„Your Broken Language of Poetry“, sagte der Regisseur, „and the Five Elements on stage: Earth, Water, Fire, Air and Iron ...“ – wir waren zu dritt, der Regisseur, der Choreograph und ich, eine kleine Formation unter den anderen losen Gruppen, die sich nachts vor dem Jakarta Art Center treffen, die Tropennacht gelb ausgeleuchtet, Gespräche, Geschichten, eine Gitarre irgendwo, eine Mundharmonika, an den Ständen ringsum, die bis zum frühen Morgen offen haben, gibt es das Bier mit den Eiswürfeln darin zu kaufen und heiße, höllisch scharfe Gerichte, dazu die unvermeidlichen Nelkenzigaretten, Wasser, Süßigkeiten – dies war mein zweiter Besuch, kaum drei Monate später, nur daß ich diesmal allein kam und mich tiefer in das Land verstrickte, tiefer in die Impulse, aus denen schließlich Laut Lesung entstand und dann Argo Cargo –

ich leckt

daran, eine dünnhäutig geäderte Folie, durchscheinend
schwarz, und die Halden
inmitten der Landschaft, im Vorübergleiten

Der Koffer, ein alter Lederkoffer, liegt auf einer Parkbank, und der Schwarm der Kinder, schwarzhaarig, in ihren Schuluniformen, nähert sich achtlos. Sie sind an ein paar stachligen Skulpturen vorbeigekommen, an einem Fahrrad, das mit Flügeln schlägt, dagegen wirkt der Koffer unauffällig. Bis sie nah genug heran sind.

Ich will nicht weg. Es ist absurd, das Tropenklischee, die europäische Seele infiziert von ihrer eigenen Projektion der Fremde, aber: ich will nicht weg.

Alles hier kann süchtig machen, die Hitze, das ständige Schwitzen und Treiben in Straßen voller Gerüche, in denen sich Autos, Passanten, Fahrräder, Bettler, Mopeds aneinander vorbeischieben, während der Asphalt an den Rändern in losen Dreck übergeht, Platz für die Wände und Stelzen notdürftig zusammengeflickter Schuppen, Marktstände, Läden, streunende Katzen dazwischen, Abfallhaufen, Reklame, die Essensdüfte aus den *warungs* (Garküchen), immer wieder Ansammlungen von Schuhen vor einem flachen Podest, einer ausgelegten Bambusmatte im Staub, die signalieren: dies ist ein Innenraum, hier gilt der moslemische Reinlichkeitskodex. Oder es ist weniger die Hitze, die süchtig macht, als die ständige Nähe anderer Körper, das strahlende Lächeln überall, die schnelle, witzige Sprache, von der ich nur Brocken verstehe, die Popmusik in diesen Tönen –

Seit zwei Tagen bin ich wieder in Jakarta, am Ende einer Lesetour, die mich durch verschiedene Universitäten in Zentral- und Ostjava geführt hat, dann nach Madura und Bali, überall bin ich durch die informellen Netze des indonesischen Kulturbetriebs gereist, weitergereicht von Freunden zu Freunden, in Begleitung Rendras. Nun, in Jakarta, eine Atempause vor dem Rückflug, letzte Tage ohne Programm und Verpflichtungen.

The Bloody City, sagen sie, stolz. Mobiltelefone überall, Internetcafés, Streetwear. Wir trinken glühenden Ingwerkaffee vor dem Jakarta Art Center, es ist Mittag, zu heiß, um etwas anderes zu tun. Hier scheinen im Laufe des Tages alle vorbeizukommen, die sich als Künstler verstehen, die Filmemacher, Musiker und Maler, die Schauspieler und Tänzer und Multimedia-Performer, jeder begrüßt jeden, jeder hat ein Projekt mit jedem. Kunst hier ist eine Lebensform, sie erinnert in vielem an die alternativen Siebziger in Europa. Dabei gilt, vier Jahre nach dem politischen Ende des Diktators Suharto, die Stimmung als nicht besonders gut.

Indonesien ist ein riesiges Land mit 220 Millionen Einwohnern, verteilt auf ein paar Inseln in der Größe kleiner Kontinente und unzählige kleinere, reich an Bodenschätzen, unterkapitalisiert, die junge Demokratie immer noch in den Händen einer Oligarchie, die Wirtschaft hart getroffen von der weltweiten Krise. Ein Land am anderen Ende der Welt, ein Land im Übergang. Aber was heißt das heute?

Sechzehn Millionen Menschen wohnen in Jakarta, wenn man die Stadtränder, Industriegebiete, Schlafhütten mitzählt, chaotischer Verkehr, Slums neben riesigen Banktempeln und Einkaufspassagen, aber auch viele kleinteilige Nachbarschaften, in denen sich die Bindekraft von Traditionen erweist, islamische, hinduistische, christliche Nachbarschaften verschiedener Ethnien und Minderheiten.

Erst ein paar Tage her, daß ich in der *Pesantren Al-Amien* (Islamisches Internat) ein Kopftuch trug. Der Wagen fuhr schon durch das Internatsgelände, jemand band mir hastig eine Batik um, die gerade zur Hand war. Später, auf den Fotos, finde ich, daß die Verschleierung eher piratenhaft aussieht als scharia-tauglich. Wir sind Ehrengäste. Die Schule auf Madura, einer Insel im Nordosten von Java, nimmt Kinder ab vier Jahren auf und führt sie bis zur Universitätsreife. Mädchen und Jungen weitgehend – aber nicht völlig – getrennt, die Mädchen bodenlang verhüllt, doch sie lernen dasselbe wie die Jungen. Eine Jugendkapelle in Phantasieuniformen spielt europäische Marschmusik mit Gamelan-Einschlag. Führung durch das Gelände, Tee im Haus des Rektors, Aufstellen zu den Gruppenfotos, das Gästebuch. Der Rektor spricht Englisch und ist in Europa gewesen.

Kein Wort über die aktuelle Weltpolitik. Ich werde durch die Mädchenseite des Raums geleitet, umringt, mit Komplimenten überschüttet: Selbst dürften sie so nicht aussehen, aber mich finden sie in dem Piratenlook schick. Dann, auf dem Podium, geht es um die Freiheiten der Poesie. In so allgemeinen Wendungen, daß wir alle nur lächeln und einander zustimmen: *tolerance, yes, self-exploration, yes, making a better world, yes, yes*. Ich kann die Konflikte hinter den Fragen spüren, in holprigem Englisch formuliert, ich versuche, von

Eigensinn und Aufrichtigkeit zu sprechen, vom Mut, sich kritisch mit vorgegebenen Antworten auseinanderzusetzen. Aber das eigentliche Statement bin ich selbst, mein Auftritt an diesem Ort, zu dem ein raumgreifender Schrei gehört, und die Gedichte, die Wörter wie Lust, Erbrechen, Vagina auf die Bühne bringen –

Als der Islam im fünfzehnten Jahrhundert auf die indonesischen Inseln kam, kam er als egalitäre Befreiungsreligion, die eine in Kasten erstarrte Gesellschaft aufsprengte. Er kam nicht nur aus der arabischen Welt, sondern auch über die Handelswege aus China, und er kam gleichsam als poetisches Wort. Seine ersten Führer waren die *sunan*, sogenannte Dichterkönige, zu deren Gräbern heute noch Zehntausende pilgern. – Zehntausende, deren Kleidung erst seit ein oder zwei Jahrzehnten aussieht wie überall in der arabischen Welt. Von Jahr zu Jahr wächst der Einfluß fundamentalistischer Strömungen, die den traditionell liberalen und synkretistischen indonesischen Islam überlagern. Obwohl Indonesien sich offiziell am „Kampf gegen den Terror" der US-Regierung beteiligt, gelten die spontanen Sympathien derjenigen, mit denen ich spreche, den arabischen Positionen. Differenziert, abwägend oft, voller Sorge um die Aufladung von innerindonesischen Konflikten – aber eindeutig. Die Polarisierung in Freunde und Feinde „des" Islam ist unübersehbar.

Als ich ankam, in Rendras Künstlerkommune im Süden von Jakarta, probte die Theatergruppe *Baling-Baling* unter Iwan Burnani gerade die indonesische Version von Albert Camus' Stück *Les Justes* (Die Gerechten). Das Stück stammt von 1949 und behandelt den Gewissenskonflikt eines Befreiungskämpfers: Darf er den Gouverneur umbringen, solange Frau und Tochter im selben Wagen sitzen? Der Revolutionär verzichtet, zielt zu einem ungünstigeren Zeitpunkt, wird gefaßt und gehängt. Die Theatergruppe hat dem Stück den eindeutigen Titel *Teroris* (Die Terroristen) gegeben. Dann eine mehrdeutige Inszenierung, die konsequent in der Schwebe bleibt zwischen Camus' moralischem Zweifel und aktuellen Anspielungen. Die Musik dazu hat der Popstar Sawung Jabo geschrieben.

Der Koffer! Der Koffer atmet. Tatsächlich, im Rhythmus eines Schläfers bläht sich der Deckel und sinkt wieder zusammen, ruhig, ohne Geräusch. Es dauert ein paar Sekunden, bevor das erste Kind die Bewegung bemerkt. Dann ein vielstimmiger Aufschrei und das wilde Trappeln flüchtender Füße.

Wie nah ihnen die Geister noch sind, mitten in der Großstadt. Und wie simpel der Mechanismus. Von Tisch zu Tisch ruft jemand mir zu, der Künstler, der gestern fehlte, sei jetzt in der Galerie zu finden. Ich schlendere über den Platz und frage Hardiman Radjab, wie er das gemacht hat. Mit dem Motor eines Tischventilators, erwidert Hardiman. Batteriebetrieben. In seinem Lächeln fehlen ein paar Zähne.

und dieser Wille

in den Gerippen am Straßenrand, die Fliegen
verkaufen und Plastikbrillen

„Your Broken Language of Poetry ...", sagte der Regisseur in der warmen, gelb leuchtenden Nacht vor dem Jakarta Art Center, weil das zwischen uns zu einer Art Codewort geworden war, wir saßen auf einer Steinfassung unter den riesigen Theaterplakaten, rotbraunen Klinkern, mit denen der ganze Platz gepflastert ist, Stufen, Terrassen, an den Rändern die Verkaufsstände und *warungs*, und gerade war ich zusammengezuckt, weil neben meinem Bierglas eine Kakerlake vorbeihuschte, größer als ein Maikäfer – das Codewort ging zurück auf den Titel eines Statements, das ich auf englisch mitgebracht hatte, und wie immer, wenn Texte den eigenen Horizont verlassen, die Sprache wechseln, in andere kulturelle Kontexte treten, war ich mir nicht sicher, ob wir über das diskutierten, was ich zu sagen versucht hatte, oder eher über das, was jemand anders daraus lesen wollte – sicher, in einem schlicht praktischen Sinne benutzten wir eine *Broken Language*, um überhaupt miteinander zu reden, zweierlei Englisch mit einer unsicheren Schnittmenge von Vokabeln und

Syntax, aber ihre Griffigkeit als Codewort war der Formel zugefallen, weil sie auf einen wesentlichen Unterschied zwischen uns hinwies, einen Unterschied hinter den leicht faßlichen Gemeinsamkeiten, über die wir uns nicht eigens verständigen mußten: die Urbanität moderner Großstädte, den internationalen Kunst- und Popkanon, die globale Ökonomie mit ihren überall wiedererkennbaren Waren, technischen Geräten, Informationsströmen –

Wie diesen Unterschied beschreiben? Wie beschreiben, wie eng er für mich mit der Frage nach der inneren Stimme und dem Klang des Denkens zusammenhängt –

Der Klang des Denkens. Auch keine leichtverständliche Bildung, obwohl ich sie so selbstverständlich verwende – Klang des Denkens meint die Denkweise von Gedichten, ihre eigentümliche Mischung von analytischen und synthetischen Mustern im Medium der Sprache, ein Denkvermögen eigener Art – jedenfalls nach meinem Verständnis, aber was ich in diesen warmen, von Gespräch und Gelächter erfüllten Nächten am anderen Ende der Welt begreife, ist, wie sehr eine solche Sicht von Poesie auf der Geschichte der abendländischen Rationalität beruht – einer Geschichte, die tief in der griechischen Antike beginnt, dort, wo sich vor zweieinhalbtausend Jahren ein neues Alphabet ausbreitet und mit ihm eine neue, auf das Schriftgedächtnis gegründete Form der Erkenntnissuche, die nach und nach alle anderen Formen der Weltbewältigung an die Ränder der rationalen Wissenssysteme drängen wird, Glauben und Aberglauben gleichermaßen, Transzendenz, Magie, Beschwörung, Bann; auch die Poesie in der westlichen Hemisphäre wird ihre Wurzeln in diesen vor- oder nicht-rationalen Räumen verlieren, sie wird durch die Schrift eine andere werden – immer noch, glaube ich, als ein Schatten dessen, wovon sie sich so weit entfernt hat, immer noch als das Abgespaltene und Verlorengegangene der Wissensysteme, aber zugleich doch ganz und gar in sie verwoben –

Ist es das, was die innere Stimme antreibt? Der Schattenklang des Vor- und Nicht-Rationalen, der in der Schrift gefangen ist?

The Broken Language of Poetry. Nicht, als ob der knappe Text unter diesem Titel überhaupt in die Nähe solcher Gedanken gekommen wäre; er beschreibt einfach, wie Gedichte sich von der Alltagssprache oder Alltagsvernunft abheben und mittels ihrer Metaphern, ihrer Klangfiguren, ihrer Formgesetze zu anderen Schlüssen gelangen (vielleicht auch Kurzschlüssen), aber vor allem spricht er davon, wie ungewiß die Identität jeden Ichs ist, eine vielfältige Schichtung aus immer neuen „Ichs" und „Wirs" in jenem ungewissen Selbst, die sich in jedem Augenblick anders zueinander verhalten – nichts wirklich Aufregendes also, ich hatte ihn mitgebracht, weil ich auf die Ähnlichkeiten setzte, die mir aus den indonesischen Gedichten des Festivals entgegengetreten waren, jedenfalls aus denen, die ich ins Englische oder Deutsche übersetzt fand: Liebesgedichte, Reisebilder, politische Gedichte, eine gleitende Skala von Entfremdung, Unruhe, Zorn, dann wieder kontemplative Naturerfahrungen, Begegnungen mit der Endlichkeit und dem Tod. Was im Vortrag so faszinierend andere Farben entfaltet, mutet auf dem Papier überraschend vertraut an. Viele dieser Gedichte könnten, den Übersetzungen nach, überall geschrieben sein: sie sprechen aus der Perspektive eines aufmerksamen, empfindsamen, zweifelnden Ichs, in dessen (Schreib-)Alltag nur hin und wieder eine Ahnung der fremden Gebräuche, anderen Gegenstände, heimlichen Dämonen aufblitzt (mit einer wichtigen Ausnahme: in überraschend vielen Gedichten spielt der Islam eine Rolle, als religiöser Hintergrund wie als Folie einer bewußt nicht-westlichen Identität) – mehr Ähnlichkeiten als Unterschiede also, weil natürlich das, was ich als europäische Prämissen mitbrachte, längst schon da war, es war auf alle nur möglichen Weisen anwesend, die ablesbare Folge eben von Kolonialgeschichte, Fortschrittsglauben, Globalisierung. Durch die indonesischen Gedichte ziehen sich dieselben TV-Kabel und Gender-Diskurse, Baudelaire leuchtet als digitale Botschaft, in der universalen Unterhose meditiert Stephen Hawkings – als sprächen wir alle längst diese globale gebrochene Sprache, die auch ich zu beschreiben versucht hatte –

Inzwischen waren die Eiswürfel im Bier geschmolzen, aber mir ging immer noch ein Auftritt des Regisseurs durch den Kopf, am Rande des Festivals – Bandung, eine Großstadt in den Bergen von Westjava, weniger heiß, wir besichtigten ein Kunstzentrum, das übliche Buffet war vorbereitet, eine kleine Bühne aufgebaut, auf der eine elegante Frau Platz nahm mit einem traditionellen, langgestreckten, harfenähnlichen Instrument – sie werde traditionelle sundanesische Musik spielen, wurde uns erklärt, oder genauer: sie werde sundanesischer Poesie rezitieren, zu der traditionell auch die Musik dieses Instruments gehöre – und, wurde mir nach wenigen Augenblicken klar, auch eine ausgefeilte Gestensprache, die sich aus kurzen Anschlägen der Harfe und den tanzähnlichen Bewegungen von Schultern, Kopf, Armen und Händen zusammensetzte, während die Stimme, zu meiner Überraschung, sich weder als Sing- noch als Sprechstimme festlegte, sondern zu einem nur angedeuteten, immer wieder unterbrochenen Rhythmus- und Melodiebogen einzelne Töne und Wörter in verschiedenen Stimmlagen artikulierte – es klang eher wie eine komplizierte Komposition Neuer Musik, nicht wie die rhythmische oder liedhafte Volkspoesie, die ich erwartet hatte – und dann, das war die nächste Überraschung, mischte sich der Regisseur unter die auftretenden jungen Poeten aus Bandung und rezitierte eine Wortfolge, die, als ich später eine improvisierte Übersetzung davon las, sich als eher schlichtes politisches Gedicht herausstellte, aber während der Performance einen gänzlich anderen Eindruck machte – sie schien aus nichts als Energie zu bestehen, obwohl es weder die ausladenden Gesten noch die vokale Übertreibung der jungen Poeten gab, nur eine vollkommen konzentrierte Körperachse und eine Entfaltung der Stimme, die den Raum rundum in Schwingung versetzte –

„It's Body Art", sagte der Regisseur, der sich jetzt im gelben Licht von den anderen kaum unterschied, die sanfte javanische Physiognomie, die unbekümmerte Anmut, mit der sie überall auf dem Boden saßen oder lagen, manche schliefen, es war weit nach Mitternacht, auch dicht vor dem Vollmond, glaube ich mich zu erinnern, wir winkten nach einer neuen Flasche und versuchten zusammenzufassen, wo wir inzwischen angekommen waren – eine gemeinsame Performance aus meinen Gedichten, auf deutsch, und einer Choreographie von zwei Tänzern, die der Regisseur und der Choreograph schon vor sich zu sehen schienen, während ich plötzlich wieder den Unterschied spürte, die Unklarheit darüber, ob meine hochartifiziellen Hybridtexte mit diesen fremden Energien überhaupt zusammenpassen würden –

Laut, dt. *Meer – Mörser*, indones. Lesung – Laut ist der Klang, und Laut ist das Meer – die Laute werden gelesen, das Meer wird gelesen – Lesung ist ein Schaff, in dem sie Reis zerstoßen – ein Schaff, ein Schiff – die Laute werden gelesen, das Meer wird gelesen, das Meer reist in einem Schiff –

wir sind

Milliarden und Abermilliarden, jeder Cent davon
führt Krieg

Dann, am späten Mittag, weht der Wind aus der Stadtmitte den Gebetsruf von der Dschumaya-Moschee herüber, der Garten vor der Veranda noch ganz Sommerduft, mit nur einer Spur von Herbst, Überreife, erster Schärfe darin, es ist nur ein ferner Klang, nicht so überwältigend wie die Lautsprecherstimmen, die in indonesischen Umgebungen plötzlich zum Leben erwachen, eine Welle von Klang durch den ganzen Körper, und eine halbe Stunde später bin ich auf dem Weg, aus dem schattigen Hoftor hinaus in die Altstadtgasse, über das römische Kopfsteinpflaster bis zu jener kleinen Treppe, an der abrupt die Atmosphäre wechselt, unten am Rand der Schnellstraße warten die staubigen Busse, die Taxis ohne Zähler, beginnt die Unterführung zur Innenstadt – das ist der tägliche, binnen einer Woche zur Gewohnheit gewordene Gang in die weitläufige Fußgängerzone, in der alles ineinandergeschichtet scheint wie Blätterteig, ein paar enge Gassen voller Geschäfte, dann die Moschee, ein wenig Touristenmarkt, Reste eines antiken Theaters, die Bürgerhäuser der Jahrhundertwende, daneben sozialistische Kahlschlagbauten und dazwischen die Schaufenster, in denen längst die westlichen Markennamen angekommen sind, auf kyrillisch, während ich unterwegs bin ins Internetcafé. Beschwingt von der Sonne, dem Gefühl, an einem fremden Ort zu sein, angewiesen auf Improvisationen aller Art, wenn meine Sprache den anderen nicht verständlich, nicht selbstverständlich ist – nur daß etwas in mir in die Beschwingtheit nicht einstimmen will, es nagt und nörgelt im Hintergrund, während ich am Straßenrand eine bulgarische Pizza kaufe, eine Weile an der imposanten Fontäne sitze, schließlich ins blauflimmernde Dämmerlicht des Internet-Hinterzimmers eintauche – es nagt und nörgelt entlang einer Denklinie, die sich wie ein Vorwurf anfühlt, nicht wie ein bloßer Gedanke. Der blaue Strich auf dem Papier. Die Tinte, mit der ich inzwischen schreibe, schwarz, jeden Tag Seiten um Seiten, oder das sachte, schnelle Klackern der Laptoptasten: was ist daran auszusetzen? Daß die Poesie vor Jahrtausenden nicht mit geschriebenen, sondern mit gesungenen oder gesprochenen Worten begonnen hat, mit sakralen Worten, beschwörenden Worten – so what? Tue ich denn nicht, was heute dazugehört, reise ich nicht von Festival zu Festival, spreche in Mikrophone, verwandle das Geschriebene wieder in Stimme? – *Wieder* in Stimme. Eine zweite, eine abgeleitete Oralität, auf dem Papier entstanden, die nicht zu einem Publikum spricht, zu den Ohren anderer, sondern allein in diese Stille. Die innere Stimme spricht ein Wort wie „Regenzeitrauschen“, Worte wie „Dschungel“, „Reisen“ oder „Kingsize-Bett“, aber es entspricht ihnen kein äußerer Klang. Was ihnen entspricht, sind nur die Zeilen auf dem Papier, Zeichen, die das Sehen entziffert, nicht das Hören. Das innere Hören ist ein Hören, das liest –

Ringsum wird geballert, im Dämmer des Internetcafés sitzen die Jüngsten vor ihren Videospielen, die Älteren vor ihren E-mails oder Pornoseiten, eine flackernde Gemeinschaft, während ich im Netz weiter nach *Linkin Park* fahnde, der Titel der CD kam vor ein paar Tagen aus Jakarta, per SMS, „... have album: HYBRID-THEORY. Its very interesting Try 2 listening!" – morgen der bulgarische Nationalfeiertag, jetzt schon klingt die Stadt außer Rand und Band, herüberwehendes Gedröhne von einer Freilichtbühne auf dem Platz an der Post, ständig hört man Alarmanlagen, so, als würden sie absichtlich eingeschaltet, um zusätzlichen Lärm zu erzeugen – auf dem Weg zum Café bin ich neulich im Plattenladen RITMO vorbeigegangen, wo die einzige gemeinsame Sprache, auf die der Betreiber und ich uns einigen konnten, Französisch war, beide gleichermaßen stammelnd, aber es schien, als könne ich eine preiswerte Raubkopie von *Hybrid Theory* ganz offiziell bei ihm in Auftrag geben – wo ist die Stille geblieben, die ich die ganze Zeit zu hören glaube, diese Mittagsstille der Veranda, die Stille der Nächte auf der Truhe, obwohl es selbst da nicht wirklich still ist, über dem Zikadenzirpen ist der Straßenverkehr zu hören, fast die ganze Nacht, und durch das Altstadtviertel ziehen Touristen und Einheimische, die in den verschlafenen Gassen poltern wie im Heimattheater, von irgendwoher auch Musik, und andere Musik aus dem Restaurantgarten nebenan – vielleicht meine ich die Stille gar nicht wörtlich, vielleicht meine ich sie gesellschaftlich: ich bin auf dem Balkan, die Kriege der neunziger Jahre ein paar Dutzend Kilometer entfernt, die Massaker der neunziger Jahre ein paar Dutzend Kilometer entfernt, aber hier ist es stillgeblieben. Ein paar Minderheitenprobleme, die Sorgen der bulgarischen Türken, der bulgarischen Roma, die Erinnerung an eine häßliche Umsiedlungsaktion noch spät in den Achtzigern, ehe die sozialistische Weltordnung zerfiel. Überhaupt geht den Leuten hier ihre Lesart vom „türkischen Joch“ und der „nationalen Wiedergeburt“ leicht von den Lippen, Kategorien des 19. Jahrhunderts, so, als bezöge ich mich noch auf das Bismarck-Reich, während die Tagespolitik sich an Europa abarbeitet und an der Globalisierung. Aber kein Bürgerkrieg, nur die stille Korruption der Nachwendezeit, die oligarchischen Demokratieimplantate, der Kapitalismus auf kyrillisch. Die Stille fühlt sich objektiv an, dabei ist es die Stille des Nichtwissens, über Wochen habe ich keinen Fernseher, finde keine ausländischen Zeitungen, kann die einheimischen nicht lesen. Stattdessen die Gespräche, wache, lebhafte, bereitwillige Gespräche, ich sitze in einem modernen Nachrichtensender, rede über Medienpolitik und Kooperationen mit der Deutschen Welle, und doch ist es still, abgeschieden, die Altstadt ein Museumsquartier, die Fußgängerzone ein wie zeitloses Währungsgefälle – Erst spät stoße ich auf Übersetzungen des jungen Dichters Jordan Eftimov, ein Gedicht über *Die Bewohner Kolumbiens*, das mit den Zeilen *Sie seien passiv erschaffen / und seien auch selbst so – / wie in Därme in ihre Häuser gestopft* ... beginnt, ein langes Gedicht, es ist das abgerissene Räsonieren nächtlichen Hellwachseins, einer surrealen Ethnographie: *Sie legen keine Vorräte an – / sie räuchern nicht einmal Fleischstücke: / für die Ameisen –*, ein Gedicht über genau diese Stille, endend mit der Zeile: ... *um endlich zu begreifen, / daß sie Bewohner eines längst entdeckten Landes sind* –

Unbenutzbares Wort, trotzdem: Globalisierung. Auch Synkretismus und Postmoderne, Hybridisierung, Gender-Diskurs, Differenz ... – alle unbenutzbar, wenn es um Poesie geht, nur ein Begriffsverhau, aus dem sich beliebige Schlagworte brechen lassen, so wie sich aus Aufklärung, Universalismus, Humanismus, Dialektik die Slogans für alles und jedes haben brechen lassen. – Was also dann? Die Tropen. Die Tropen in ihrer nächsten Bedeutung, als Figuren der uneigentlichen Rede nämlich, in Metaphern und Metonymen, den Gliedmaßen, Nervenfasern, Zellstrukturen der Poesie –

Laut ist der Klang, und Laut ist das Meer – das Meer reist in einem Schiff –

Welchen Felsendialekt sang denn Orpheus, welche Baum-, welche Flußsprache, daß Felsen, Bäume, Flüsse von ihm betört waren? Beruhte sein Ruhm als exemplarischer Dichter der antiken Welt überhaupt auf den Worten, die er sang? Waren es nicht eher seine Stimme, seine Musik (jene bistonische Leier, ohne die es das Wort Lyrik nicht gäbe), die ihn unsterblich machten? Gerade das also, was sich damals nicht aufzeichnen ließ? Denn von seinen Worten wissen wir wenig, sie sind nur als Gerücht, als bloße Behauptung in den aufgeschriebenen Gesängen anderer überliefert –

oder blaue Kleider-

säcke stadtauswärts, wo abends um die Absaugstutzen
die Tarnflocken lungern

Jedenfalls sahen die Argonauten ihn nicht als Trumpfkarte im „Intercultural Dialogue“, so, wie Rolle von reisenden Dichtern heute meist verstanden wird. Die beiden einzigen Male, zu denen in den Argonautika von seinem Gesang berichtet wird, geht es ausschließlich um die Griechen selbst, sie bilden sein einziges Publikum. Einmal, noch vor der Abfahrt, bietet Orpheus ihnen eine Art Kosmogonie, und zwar ausdrücklich, um einen aufbrechenden Streit unter den Reisefiebrigen zu schlichten: *Er sang, wie Erde, Himmel und Meer, die anfangs noch in einer einzigen Masse miteinander zusammengefügt waren, durch unseligen Streit geschieden wurden, ein jedes für sich getrennt; und wie die Sterne und die Bahnen des Mondes und der Sonne für immer einen unverrückbaren Platz im Äther besitzen, wie die Gebirge sich auftürmten, wie die rauschenden Flüsse samt der Nymphen und alles Getier entstand ...*

Die ganze Nacht das Geräusch herabfallender Feigen, das Tappen der Katzen über die Ziegelkrusten, hin und wieder glaube ich die Telefone in der Truhe zu hören, die demontierten Klingeln unter mir scheppern sacht – in Wirklichkeit ist es das Handphone, die zeitversetzten SMS aus Jakarta, „U Try 2 Listening" – ob irgendwer sich vorstellen kann, daß das wahr ist?, die Truhe auf der Veranda wirklich randvoll mit alten Telefonen, Platinen, Elektronikschrott, alle offenbar in den frühen Neunzigern nach Bulgarien geliefert, auf manchen Gehäusen kleben noch die Inventarnummern deutscher Behörden oder ihre Durchwahllisten, *Lieske -304, Frohnert -309* – wieder habe ich den ganzen Tag an den Gedichten für Laut Lesung geschrieben, und immer noch kann ich mir nicht denken, was ich hier in Plovdiv eigentlich tun will, sie erwarten einen Text von mir, der auf deutsch und bulgarisch erscheinen soll, aber ich hadere mit der Fremdheit des Kyrillischen, wenn ich durch die Stadt gehe, und weniger denn je bin ich mir sicher, ob all das überhaupt funktionieren kann – das Ineinanderblenden der Fremdheiten im Medium der Poesie –

Noch einmal die stehende Hitze in einem Raum, vormittags, ein Podium, auf dem wir über „Intercultural Dialogue" diskutieren, die Arbeitssprache sollte Englisch sein, es gibt weder Tisch noch Stühle, alle sitzen am Boden, wir auf einem Podest, die Studentinnen mit ihren Kopftüchern dichtgedrängt. Schon nach wenigen Sätzen versagt die Übereinkunft, in improvisierten Ad-hoc-Übersetzungen schlingern die Statements zwischen Ausgangssprache, Konferenzsprache, Publikumssprache hin und her. – Dieses globale Jetzt, hatte ich etwa sagen wollen, dieses globale Jetzt, das wir alle gleichzeitig bewohnen und doch nicht auf dieselbe Weise erleben, sei in höchstem Maße angewiesen auf Übersetzungen, die komplexere Einsichten zu übermitteln verstünden als das internationale Business-Pidgin der Ökonomen. Nirgendwo werde das anschaulicher als in der Arbeit von Künstlern, die selbst weltweit zu kommunizieren versuchten, nirgendwo deutlicher als in der Poesie. Währenddessen wurde es wärmer und wärmer im Saal, die Zahl der Statements, der Übersetzungen schwoll weiter an, Neugier, Unruhe, Beharrungsvermögen des Publikums schwer einzuschätzen. Erkennbar diskutierten wir das Thema weniger, als daß wir es illustrierten, eine lebende Laienspieltruppe im Echtzeitmodus. Mir fiel die Parabel von Katze und Hund wieder ein, wie sie einander mißverstehen im Schwanzwedeln. Und die indonesische Pointe dazu: dort haben die Katzen gar keine Schwänze. – Dieses schwanzlose Wedeln der Poesie. Oder, wie es in einem Text des österreichischen Dichter Peter Waterhouse heißt, der nicht zufällig mit bohrenden Fragen nach der Wahrheit des Übersetzens beginnt, um bei dem Gedanken anzukommen, daß vielleicht das Lebendige das Unwahre per se sei: *„Man ist also mit Gedichten nicht im Einflußbereich der Göttin Var, jener Göttin der Treueschwüre – und ist das vielleicht eine moderne deutsch-österreichische Sache mit der Treue und Ehre und Wahrheit und Treuhand –, sondern man begibt sich mit Gedichten in den Tätigkeitsbereich der lateinischen Vertumnen, und dieses ver der Vertumnen ist nicht das Wahre, sondern das Wandelbare, die Vertumnen sind die Wandelgötter, die Verschieber, die Übersetzer, die Götter des Jahreszeitenwechsels und des Handelsverkehrs, die Verkehrer, die Gütter der Autobahnen, Tankstellen und Lastwagen und Straßenkreuzungen, die Götter der Verkehrungsströme, die anderen Verkehrspolizisten. Dieser fast überall anwachsende Straßenverkehr und das Flugzeuggedränge zwischen Charlesdegaulle, Heathrow und Frankfurt ist das Gegenteil von Wahrheit und Treue. Auf den Containerwänden in Maghera, Cuxhaven, Dover, Bordeaux, Rijeka, Istanbul sitzen die Wandelgötter. In diesen Häfen und in diesen Hallen zwischen diesen Containern und auf den Zubringerstraßen geht es zu wie in Gedichten.“*[1]

1 Peter Waterhouse, „Die Unwahrheit“, in: die horen. Zeitschrift für Literatur, Kunst und Kritik, Heft 205, 1/2002.

atmende Flechtwand, und wir

wie eingesickert in die Tropenlaken, ineinander tätowiert
vor dem aufdämmernden Morgenruf

Um halb sechs weiß ich plötzlich, daß ich die Sonne aufgehen sehen will, ein Stück den Hügel hinauf, von dem Ruinenfeld aus – noch im Dunkeln schließe ich das Hoftor hinter mir, nirgendwo Licht in den krummen Gassen, düster die Häuserwände mit ihren auskragenden Wiedergeburtserkern – ein paar Meter entfernt geht das Kopfsteinpflaster über in Mauerreste und Unkraut, die ältesten dieser Reste sollen siebentausend Jahre alt sein, die letzten Häuser unbewohnt, noch nicht renoviert, halbzerfallen – bei Tageslicht sind auch die Bunkeranlagen zu sehen, unförmige Betoneinstiege mitten zwischen den thrakischen und vorthrakischen Mauern, Graffiti, Abfall, aber in der noch kaum zu ahnenden Dämmerung spüre ich davon nichts, nur die Unwirklichkeit dieser Stunde vor Sonnenaufgang, in der ich allein über die Steine klettere, zurück in die Tiefen der Antike – so ähnlich mag es zu Goethes Zeiten in Rom gewesen sein, das Forum Romanum oder das Colosseum noch nicht mit Zäunen umbaut, nicht museal gesichert, mit Kassenhäuschen am Eingang – einen solchen Ort gibt es allerdings auch hier, das Amphitheater mitten in der Altstadt, gleich neben der Musikakademie; wir haben ein paarmal oben im Café gesessen und in die perfekten Abmessungen von Bühne und Auditorium hinabgeschaut – letzte Errungenschaften einer immer noch von der Kunst des Mündlichen bestimmten spätantiken Gesellschaft, auch wenn darin längst die Schrift zu wuchern begonnen hatte – „die Schrift zu wuchern begonnen hatte“: da ist er wieder, der nagende, nörgelnde Ton, den ich nicht richtig zuordnen kann – warum fühle ich mich der oralen Tradition gegenüber so im Nachteil, warum glaubt sich die innere Stimme in ihrer Schriftverhaftung so fehlgeleitet?

Den Punkt am Horizont finden, an dem die Sonne aufgehen wird – es ist dunstiger, als ich erwartet habe, die Dämmerung ein verhangenes Graublau, in dem die Felsen unwirklich weiß leuchten und die Augen der streunenden Katzen unheimlich gelb – bin ich wirklich allein hier? Der einzige Mensch vielleicht, aber nicht das einzige Wesen, das sich hier aufhält, lebend oder tot, das spüre ich deutlich. Oder es ist etwas mit der Zeit passiert ... – diese leeren Häuser am Ende der Gasse, diese Ruhe unten in der Stadt, obwohl längst der Berufsverkehr unterwegs sein müßte ... – allmählich wird es hell genug, um das Notizbuch aus dem Rucksack zu holen, den Füller aufzuschrauben – ich hatte mir das Gefühl erhabener vorgestellt, die Felsen und Mauerreste eher wie ein außergewöhnliches Energiefeld, weniger als Auslöser der üblichen Gespensterfurcht – die Gedanken irren ein wenig herum, zurück zum Amphitheater: habe ich nicht einmal etwas gelesen über die Kunst der Glaubwürdigkeit in dieser spätantiken Tradition? Daß darin ein Unterschied gemacht wurde zwischen der Glaubwürdigkeit, die von Schauspielern erwartet wurde, und jener, die die Rhetorik ausbildete? Die Glaubwürdigkeit von Schauspielern beruhte auf der Mimesis, ihrer Fähigkeit, etwas anderes darzustellen als sich selbst, und zwar so lebensecht wie möglich, während es in der Rhetorik darum ging, die eigene Persönlichkeit so überzeugend zu vermitteln, daß bei den Zuschauern jeder Zweifel an Argument oder Anliegen verstummte – beides Kunstformen, die sich einer ausgefeilten Technik der Stimme und der Körpersprache bedienten, jedoch zu gegensätzlichen Zwecken – und beiden habe ich immer mißtraut, wenn es um Poesie geht –

noch

sind die Sterne zu sehen, der Termitenhügel
nebenan, der stille Helikopterplatz

Warum bloß haben sie Orpheus mitgenommen? Die zweite Episode, in der er überhaupt erwähnt wird, führt die Argo durch das thyrrenische Meer, an der Westküste des späteren Italien entlang bis zur Meerenge zwischen Kalabrien und Sizilien, und bald schon *erblickten sie die schöne Blumeninsel, wo die helltönenden Sirenen ... mit ihren süßen Zauberstimmen jeden betören und verderben, der dort seine Haltetaue auswirft* ... – woselbst die Sirenen, wie berichtet wird, *in ihrem Aussehen teils Vögeln, teils Mädchen* glichen, und *stets waren sie auf ihrer Warte sichtbar, die zum Ankern einlud, und wahrlich schon hatten sie vielen die ersehnte Heimkehr genommen, indem sie sie der Auszehrung preisgaben* – der Horizont jetzt, über den Wohnblöcken der Außenbezirke, leuchtend gerötet – ... *gefühllos ließen sie auch den Helden* [der Argo] *ihre bezaubernde Stimme aus der Kehle erklingen: Da hätten jene beinahe die Haltetaue vom Schiff ans Ufer geworfen, wenn nicht ... der Thraker Orpheus mit seinen Händen die bistonische Leier gestimmt und die Töne eines fröhlichen Liedes hätte erklingen lassen, damit, wenn er die Saiten allesamt kräftig anschlüge, ihre Ohren von diesem Klang dröhnten* – ein dichter Streifen Dunst, über dem, wie aus einem Riß, das Leuchten sich ausbreitet – ... *so übertönte die Leier den Gesang der Mädchen, zugleich trieben der Westwind und die brausende Woge das Schiff von hinten an und trugen es davon, der Gesang der Sirenen verlor sich in der Ferne* ... – und dann, über dem Riß, plötzlich das Glutrot der aufsteigenden Sonne – ein Wettstreit also zwischen einer Musik, die als „fröhlich" beschrieben wird, so daß ich sie mir eher derb und mitreißend denke, und jenen betörenden Zauberstimmen, die, wenn sie ihre Opfer so hoffnungslos der Auszehrung preisgeben, eher sehnsuchtsvollmelodisch geklungen haben dürften, weswegen Orpheus gegen sie nicht mit seiner Poesie gewinnt, sondern mit schierer instrumentaler Lautstärke –

I am inhabited by a cry – schrieb ich schließlich auf die Leinwand, am letzten Tag des Festivals, ein Zitat aus dem Gedicht *Elm* von Sylvia Plath, alle schrieben auf diese Leinwand, schrieben, zeichneten, unterzeichneten, ich schrieb *I am inhabited by a cry* –

Aljoscha hat nichts mit den Stimmen zu tun, aber Aljoscha ist die versteinerte Sowjetmacht, das Denkmal hoch über der Stadt, wir stiegen den Hügel hinauf, die gepflasterten Wege von Unkraut durchsetzt, das Gebüsch zerwuchert, Exkremente hier und da, Plastikflaschen, Bierdosen, Papier, oben dann die riesigen Platten der Triumpharchitektur, die saurierhafte Gestalt des Sowjetsoldaten und ein atemberaubender Rundblick über alle Quartiere von Plovdiv – die Stimmen gab es am Vormittag in der Musikakademie, bei einem improvisierten Konzert in einem der Säle, das Gebäude noch wie zu Ostblockzeiten, der Geruch nach Reinigungsmittel in den Gängen (ähnlich dem, das in der DDR angeblich *Wofasept* hieß), eingefunden hatten sich ein paar Gäste, einige Sängerinnen des weiblichen Volkschors der Akademie und zwei Instrumentalisten, die den traditionell aus Schafshäuten hergestellten Dudelsack spielten – später, wieder in Jakarta, wird der indonesische Komponist, der die Musik für Laut Lesung schreibt, die bulgarischen Stimmen meiner Argo-Aufnahme in den Player einlegen und der javanische Musiker im seinem Studio wird spontan auf einer selbstgebauten Doppelflöte eine dudelsackähnliche Musik dazu einspielen, ohne jemals die bulgarischen Instrumente gehört zu haben – bei diesem improvisierten Konzert also erlebte ich zum ersten Mal live, was auf der einen oder anderen CD (*Le mystère des voix Bulgares ...*) so verheißungsvoll geklungen hatte: eine sehr alte Singtechnik, die nicht den Kehlkopfgesang benutzt oder die Obertonregister, sondern die nasalen Resonanzräume, heterophon und in einem eigenartigen Rhythmus von fünf zu (oder bis zu) elf Schlägen– – jetzt, zu Aljoschas mächtigen Füßen sitzend, über die Stadt bis zu den Höhenzügen am Horizont schauend, horchte ich ein wenig schläfrig der inneren Frage nach, was ich mit „wie zu Ostblockzeiten" gemeint haben könnte: eine Spur jener trügerischen Nostalgie vielleicht, wie sie auch etliche andere Westler empfanden, als sie zu Beginn der neunziger Jahre erstmals mit der untergehenden Welt des real existierenden Sowjetmodells konfrontiert waren, dieser Mischung aus kollektivistischen Sozialutopien des 19. Jahrhunderts, einer von lauter Behelfen notdürftig zusammengehaltenen Industrialisierung und der seltsam, beinahe befreiend anmutenden Abwesenheit von ökonomischen Effizienzkriterien: einer Abwesenheit, in deren Nischen sich zum Beispiel verschwenderische künstlerische Ausbildungsformen entwickeln konnten, die nicht an den westlichen Unterhaltungsbetrieb angeschlossen waren – was ich am Morgen in besagtem Stegreifkonzert gehört hatte, hatte nicht nur meine sämtlichen ästhetischen Nerven gereizt, sondern zeugte ebenso von außergewöhnlichem musikalischem Handwerk –

zwei-

schläfrigerKörper, ein-
händig einsam

Wenn die Sirenen den Inbegriff einer Verführung durch die menschliche Stimme bilden und Orpheus sie niedersingt dank der Kraft seines Instruments – was bedeutet das für mein Verständnis von Poesie? Eine Art Neid, spüre ich, auf die Unmittelbarkeit der musikalischen Wirkung, die sich in der geschriebenen Poesie gänzlich verliert. Nicht, als ob nicht auch die geschriebene Poesie etwas wie musikalische Mittel kennte, die noch in den sprödesten Varianten heimlich mitreisen, Anklänge an Vers und Metrum, Euphonie und Dissonanzen, dem inneren Ohr so zugänglich wie der inneren Stimme – das innere Ohr ist ein Ohr, das liest ... –, aber diese heimliche Musikalität des Geschriebenen läßt sich kaum vergleichen mit der Unmittelbarkeit des Hörens, wie sie uns die Erfahrung von Musik vermittelt – ein wenig Unkraut zwischen Aljoschas Zehen, und wieder weht von der Moschee der Gebetsruf heran, diese vokale Ausgestaltung der Anrufung Allahs, des Allbarmherzigen – dabei steht Plovdiv voller Kirchen, ich kann sie sehen von meinem Rundblick aus: orthodoxe Kirchen, mit denen ich nichts verbinde als den kunsthistorischen Blick, das Ritual des Kerzenanzündens und die Litaneien natürlich, im Latein meiner Kindheit oder hier im Kirchenslawisch –

ich weiß, daß das die frühesten Wurzeln der Poesie in meinem Leben sind: das Kind, das das Wort „Muckmich“ erfindet, weil es „Musik“ noch nicht sagen kann, oder die Osternächte, das alte Dorf um Schule, Kirche, Bauernhöfe in der Nacht der Osterfeuer, das Kirchenschiff dunkel, das schweigsame, gebannte Atmen einer ganzen Gemeinde, und dann eine einzelne Kerze, die in der geballten Schwärze erscheint, eine Kerze und eine Stimme, der Ruf *Lumen Christi!*, mehr Kerzen, die Wiederholung des Rufs, noch mehr Kerzen, ein drittes Mal die Stimme, und dann flammt die Orgel auf, ein riesiger Akkord, unter dem das neugotische Gewölbe erbebt, und Licht überall, die Gemeinde jetzt ein einziger Gesang, wild in die Orgel gemischt, eher mißtönend als tönend, ich bin noch zu jung, um mitzusingen, verstehe auch die Inszenierung in ihren religiösem Gehalt nicht, ich spüre nur die Spannung dieses Moments, den Zusammenklang von Stimme, Licht und Orgel in seiner rituellen Abfolge –

Läßt sich von dieser archaischen Kraft der Musik und des Rituals etwas wiederfinden, wenn ich die Gedichte fremden Stimmen übertrage? – Wirklich fremden Stimmen, meine ich, Stimmen, die sich nicht an den Worten orientieren, sondern bloß am Klang einer ihnen fremden Sprache? – Nein, du irrst dich ..., flüstert die innere Stimme, wir sind zurück auf der Veranda, abgestiegen von Aljoschas Hügel, ich habe ein paar Gedichtfragmente um mich verteilt, jedes an einen anderen Platz, eine Art Raumskulptur – es hat eine Weile gedauert, bis ich in der Fußgängerzone die richtigen Klebestreifen auftreiben konnte, ich zog von Geschäft zu Geschäft, versuchte aus den Auslagen oder den kyrillischen Aufschriften zu erraten, welche Waren sich im Innern verbergen, gestikulierte in Englisch und Deutsch, wonach ich suchte – die Gedichte verhalten sich im Raum zueinander, ihre Zeilen schweben in einer visuellen Ordnung, die durch das Sehen definiert wird und durch die Körperbewegung, mit der das Auge sich seine Blickwinkel sucht – Diese visuelle Ordnung ..., flüstert die innere Stimme, es sei unmöglich, sie aufzulösen in

Klang, es gebe kein Zurück in die älteren Traditionen – Kein Zurück, sage ich, d'accord, aber vielleicht ein Vorwärts? Alles wiederholt sich, überall in den Schriftkulturen sind Gedichte wieder flüssig geworden, nachdem sie sich so lange nur in eine einzige Richtung zu entwickeln schienen: sie sind um die Welt gereist und den oralen Formen wiederbegegnet, alten und ganz neuen, die die Popkultur erzeugt hat: diese Begegnungen haben die Kodifizierung in der Schrift doch längst wieder aufgeweicht –

A demain ..., grüßte der Betreiber des RITMO ein ums andere Mal, wenn ich auf dem Weg zum Internetcafé die Fußgängerzone durchquerte, das Bedauern klang ein bißchen falsch, nein, die Kopie sei noch nicht fertig, *peut-être demain, vouz venez ici encore une fois ...*, aber diesmal habe ich Glück, unerwartetes Glück, denn ich bekomme nicht *Hybrid Theory* ausgehändigt, sondern *Reanimations*, einen merkwürdigen Remix des eigenen Albums, den Linkin Park da veranstalten, die vielspurigen Songs von *Hybrid Theory* noch einmal zerlegt in neue Schichten, Fetzen von Anrufbeantworternachrichten, Cover-Versionen, fremden Raps hineingemischt – Das neue Hören, sage ich zu der inneren Stimme, hörst du?, ein ganz weicher Wind schwappt über die Veranda, bewegt die aufgehängten Blätter, die auf einmal ein Mobile bilden, etwas wie ein kinetischer Schub in der räumlichen Ordnung: das neue Hören ist auch kein natürliches Hören mehr, es ist durch alle Stadien der Aufzeichnung gegangen, analog, digital, es ist ein Hören, das mitdenkt und die Konzepte versteht, die in solchen Remixes stecken –

werden sie

im selben Traum geboren, eine süchtige Stimme
und der wandernde Puls

von Sehnen, Muskeln, Fingerkuppen

Kaum genug Platz für uns in der Dachkammer: die fünf Sängerinnen, die Übersetzerin, mich, im Nebenraum links spielt ein Klavier, im Nebenraum rechts eine Violine, die Wände sind dünn, verschossene Blümchentapete – das letzte Treffen vor dem Studiotermin, heute müssen wir uns entscheiden. Inzwischen sind die Gedichte, die sie singen sollen, als eine Art Lautschrift ins Kyrillische übertragen, diesmal erkläre ich die Atmosphäre, die Gestik, die Themen, die darin eine Rolle spielen, eine Vorübung dafür, wie ich sie später im Englischen umschreiben werde, um sie für die Choreographie von Laut Lesung zugänglich zu machen – immer noch gegen den Widerstand der inneren Stimme, die darauf beharrt, daß es unmöglich sei, Gedichte in dieser Weise auf Reisen zu schicken, Gedichte in der eigenen Sprache also, ohne daß ich sie angemessen übersetzt wüßte, unterwegs als verschlossene Container, die in fremden Häfen von Medium zu Medium gehievt werden, von bulgarischen Stimmen gesungen, von indonesischen Tänzern getanzt – hier, in der Dachkammer der Musikakademie, ist freilich die Skepsis längst in Enthusiasmus umgeschlagen. Die Skepsis der Sängerinnen, meine ich, die anfangs so groß war: weshalb ich die Gedichte überhaupt in ihren fremden Stimmen hören wolle, und warum sie sie zwar nach ihren eigenen Melodien, aber auf deutsch singen sollten – ich hatte sie ihnen vorgetragen, ohne daß sie ein Wort davon hätten begreifen können, nur, um sie mit dem Klang vertraut zu machen, und das einzige, was sie auf Anhieb verstanden, war jener langgezogene hohe Schrei, mit dem ich die Lesung begann. So singe man im Pierin-Gebirge, sagten sie. Beiläufig, unbeeindruckt –

Orpheus wäre heute ein Star im Musikgeschäft, in seinem Argo-Clip auf MTV sähen wir das Sirenen-Abenteuer als lasziv-schrille Inszenierung: die chimärenhaften Sirenen auf ihrem Felsen, die in Verzückung zuckende Argo-Mannschaft, den Star, der die Verführung mit wilden E-Gitarrenriffs kontert –

Die Sirenenstimmen finden ..., das war der Gedanke, mit dem ich von Aljoschas Hügel abstieg, die Nachmittagshitze kochte die alten Mauern, die antike Pflasterung, selbst die Paprika-und Tomatenpyramiden vor den kleinen Ständen am Straßenrand schienen schläfrig, eine Wärmewelle wie in Südostasien – als hätte der Plan einen Brutkasten gebraucht – die Sirenenstimmen finden, in der Musikakademie, ihnen meine Container anvertrauen, ihnen Worte wie „dünnhäutig geäderte Folie" anvertrauen, „durchscheinend schwarz", „schlafende Keime" oder „später in der Blutbanklounge", sie sollen das singen, um es in den fernen Hafen von Jakarta zu verschiffen, in den Soundtrack von Laut Lesung – Laut ist der Klang, und Laut ist das Meer, das Meer reist in einem Schiff – wir sitzen auf dem Boden, auf den weißen Fliesen vor der Bühne, und ich versuche auf englisch die Gedichte zu paraphrasieren, Sapphos Pleijadenfragment und das fiepende Handphone im Innern der Mantis, seit Tagen proben wir, der Regisseur dirigiert seine Theatertruppe, die Sand auf die Bühne schaufelt und das Licht auf dem Screen einrichtet, nachts schlafen wir alle in der Halle, ich wache auf, als eine riesige Kakerlake über den Bühnenboden huscht – die Sirenenstimmen: draußen am Meer, am Strand von Panangtritis, rufe ich sie an, ich singe ihre hohen Töne gegen das Anrollen der Wellen, die als tückisch gelten, von einer Sekunde zur anderen stehen wir hüfttief im Wasser, die Kamera des Regisseurs surrt mit, hier lebt eine launische Seekönigin, der noch heute die Nachfahren der alten Herrscher opfern, fromme Muslime ostjavanischer Prägung –

What are we doing here? – In der Dachkammer legten wir fest, welche Elemente der traditionellen Melodien den einzelnen Gedichtfragmenten entsprechen sollten. Im Studio würde ich schon nicht mehr dabeisein, weitergereist, das Geld, die Termine, aber noch singen die Sängerinnen einzelne Partien vor, fragen nach, variieren, ihre Stimmen schlagen von den engen, schrägen Wänden zurück, links dahinter das Klavier, rechts die Violine: eine intuitive Arbeit voller

Überraschungen, Mißverständnisse, Gelächter. Es klingt großartig: roh, verfremdet, eindringlich. Später, im Studio, werden sie geschliffener singen, gerade das Rohe und Improvisierte wird verlorengehen –

What are we doing here? – Da ist sie wieder, die Nervosität der inneren Stimme, die sich auf das Schreiben beruft, gegen die Verlockung der Sirenenstimmen – hat nicht die ganze zweite Hälfte des 20. Jahrhunderts unter dem Paradigma von Sprache als Zeichen und Schrift gestanden? Einem Paradigma, das sich durch alle Geistes- und Kulturwissenschaften gezogen hat, nach dem großen *linguistic turn* der Philosophie, die nicht mehr davon ausging, daß sie reale Dinge untersuchen könne, sondern sich auf die verwendete Sprache zur Beschreibung einer (vielleicht) realen Welt konzentrierte? Wie lange haben wir jegliches Denken als Sprachmuster, jegliche Kultur als Zeichenfolge betrachtet, lesbar mit den Mitteln der Semiologie, der Hermeneutik – und jegliche Idee vom Menschen unter dem Gesichtspunkt des *sprechendes Tiers*, das sich von der übrigen Natur abgrenzt durch sein Sprachvermögen – selbst die materiellen Wissenschaften des Realen, von der Physik bis zur Biologie, beharren in ihrer transzendenzlosen Definition der Welt als mechanisch-naturgesetzlichem Zusammenhang auf dieser Abgrenzung, so wie die Ethik einer *conditio humana*, die sich auf die Wahrnehmung der Anderen als (gleiches und gleichberechtigtes) Gegenüber stützt, diese Anderen als uns ähnliche Subjekte definiert, deren Verhalten unser Denken unweigerlich als Formen von Sprache liest – Haben wir daraus nicht ..., flüstert die innere Stimme, an einem frühen, beinahe kühlen Morgen auf der Veranda, haben wir daraus nicht die ganze Rechtfertigung der Poesie abgeleitet? Als dichteste, polyphone Verschränkung von Sprache und Zeichen überhaupt?

und der wandernde Puls
von Sehnen, Muskeln, Fingerkuppen

einander zu finden

Haben wir das wirklich? Die ganze Rechtfertigung der Poesie aus der Schrift abgeleitet? – Was anders ist in Sofia: die Veranda plötzlich weit weg, auch der antike Hintergrund, das Amphitheater, die thrakischen Mauerreste, stattdessen habe ich den Schreibtisch vor ein Hotelfenster im dritten Stock geschoben, eine Platte aus Kirschbaumimitat, die Einrichtung des Zimmers einem westlichen Ketten-Hotel abgeguckt, das Parkett im Zimmer noch präkommunistisch, kaum beschliffen, neu versiegelt, der real-balkanische Service völlig intakt unter seinem Firnis aus frischen Hotelfachkursen (auf Video, mit kyrillischen Untertiteln?) – seit Tagen schaue ich aus diesem Fenster, jeden Morgen nach dem Frühstück, wenn die umgeschulten Traktoristinnen das Bett gemacht, die Handtücher gewechselt, das liegengebliebene Teebeutelpapierchen in eine andere Ecke gekehrt haben, jeden Morgen sehe ich denselben Fleck auf der Scheibe, in Stirnhöhe, der dort schon zu sehen war, als ich einzog, jeden Morgen geht der Blick über ein paar Teerpappendächer, abblätternde Rückfronten, einen klassizistischen Gebäuderand, einen Plattenbau, ehe er hinter all dem direkt auf das Rilagebirge stößt, den schwach bewaldeten Kamm in der Bergkette zwischen Rhodopen und Balkangebirge, von tiefhängenden Wolken fast verschluckt ...– seit zwei Stunden aber, das beunruhigt mich, bewegen sich knapp unter dem Fenster Geräusche, die schwer zu deuten sind, Stimmen, Hämmern auf einem der Dächer, etwas, das klingt wie leer rollende Fässer –: im Umkreis einer Geräuschquelle, die mehrere Nächte lang Explosionen von sich gegeben hat, als flöge der halbe Stadtteil die Luft, aber nichts, absolut nichts rührte sich daraufhin –: nicht einmal die Alarmanlagen der Sofioter Autos sprangen an, die sonst doch aufjaulen, wenn es bloß zu regnen beginnt – was anders ist in Sofia: das indonesische Körpergefühl ist verschwunden, dieses Sommer- und Draußenschlafen-, Draußenleben-Gefühl ist nicht mehr da ... –

Der Keim eines Gedichts kann alles sein, ein Wort, ein Bild, ein Traum, ein neonheller Gedanke, aber die eigentliche Zelle, aus der ein Gedichtkörper zu wachsen beginnt, ist eine Zeile – sie legt das Metrum fest und damit das Verhältnis von Silben, Vokalen, Assonanzen, aus denen sich der Gestus des Gedichts entwickelt, sein Tonfall, seine Denkweise – es sind immer diese Zeilen gewesen, die die innere Stimme spricht, sie werden wiederholt, hingeschrieben, wiederholt, wie Gehen, wie Atmen eine unaufhörliche Bewegung, die den ganzen Körper erfaßt, gebunden in Daktylen, Trochäen, Jamben nach ihrem je eigenen Maß, und eben diese Bindung an ihr Metrum ist es, die die Zeilen vom allgemeinen Sprachgebrauch unterscheidet – die vergleichbare Gesetzmäßigkeit im Medium der verschiedensten Sprachen scheint so zwingend, wie es die musikalischen Verhältnisse in der Physik des Körpers sind, in seinen Frequenzen und Rhythmen, die wir als deutbare Muster wahrnehmen – das jedenfalls war es, was ich mit Laut Lesung auf die Bühne bringen wollte, übersetzt in die Sprache des Tanzes: der Tanz sollte die körperliche Gesetzmäßigkeit der Poesie fühlbar machen, evident, so, wie es auf der Argo-CD die Stimmen tun sollten, Sirenenklang und Körperdenken, ich dachte wirklich, das sei möglich –

> Word+Sound+Light+Visual+Image+Intercultural
> +BodyLanguageAsTransformation4BecomingADoor
> FromReality2MetaphysicalSpace (Amien Kamil)

Vielleicht ist es möglich, aber es scheint mir nicht länger möglich in den Grenzen einer Partitur, wie sie der Regisseur für seine Bühnenrealität benutzen wird – was ich später im Video sehe, in der Dokumentation dessen, was ich von der realen Performance her nur als Abfolge von Schrittmustern, Choreographie, Lichteffekten, Musikeinspielungen kenne, spricht tatsächlich eine ganz andere Sprache als die Gedichte – auch ich spreche eine andere Sprache als sie, dort auf der Bühne, in den magischen Bildern, die der Regisseur für sie finden wird – er hat uns alle in Zeichen und Symbole seiner eigenen Traumwelt verwandelt, hybride Gebilde, die das Bühnenlicht durchqueren, goldene und silberne Atmosphären aus Nachtklängen, Kampfkunstmythen, Wayang-Schatten – die reale Stimme zittert in diesen Bildern, bricht sich daran, aber es ist nicht die Stimme der Gedichte, sondern der Text zu seinen Bildern – so, wie auch der Tanz nur ein Text dazu ist, eine Wörtlichkeit der Körper auf der Bühne, nicht ihr Eigensinn –

Das ist nicht seine Theorie, aber das manifeste Ergebnis unserer Arbeit – immer vorausgesetzt, die statisch abgefilmte Dokumentation sagt mir objektiv mehr darüber als das eigene Erleben auf der Bühne oder die Reaktion des Publikums –

Ist etwas anderes denkbar? – Im Studio in Berlin unternehmen wir den nächsten Versuch, ein anderes Medium also, andere Gesetze – aber auch hier gibt es eine Partitur, gibt es die vorgegebene Logik von Klängen, denen nur das Ohr folgt, nicht das Auge – die Sirenenstimmen singen, die reale Stimme spricht, Geräusche gliedern den Hörraum, der eigentlich nur Zeit ist, Abfolge, Unumkehrbarkeit – eine künstliche Unumkehrbarkeit, denn in der Arbeit springen wir vor und zurück, wiederholen die Sequenzen unendlich oft, immer wieder neue Anordnungen, Geräusche, Effekte ausprobierend, die Tonspuren auf dem Bildschirm eine dichte Collage von beweglichen Soundclustern –

> zunehmender Krieg
>
> in seiner ersten Sichel, wenn in den Gräben das Fett zu tauen beginnt

Regen in Sofia, es wird kalt im Hotel, die Heizung gerade im Umbau – erst merke ich nichts, ich wandere durch die orthodoxen Kirchen der Stadt, die neuen Shopping-Center, über den Markt, alles ist wieder Großstadt, das Internetcafé nebenan eher ein schräger Club in ambitioniertem Design als das Dämmerlichtprovisorium der Wochen in Plovdiv, bis mir allmählich auffällt, daß ich für eine Weile wieder allein zu sein scheine mit der inneren Stimme – die Planungen für Argo Cargo und Laut Lesung laufen weiter, auch die SMS aus Jakarta fiepen in meine anderen Tageszeiten hinein, aber unmerklich hat die innere Stimme ihren eigenen Rhythmus wieder aufgenommen, das Finden von Zeilen, die endlosen Wiederholungen, die Zeilen erscheinen auf dem Papier, auf dem Schirm, vervielfachen sich, immer dieselben Wortfolgen, nichts daran läßt sich beschleunigen, nichts sich übersetzen in Improvisation oder spontanen Ausdruck – der Orpheusschatten, das Zungenreden, die Bühnenphantasie von Körper, Stimme, Entäußerung verblassen schon, weniger eine neue Vision als eine undeutliche Frage, mit der sich die innere Stimme nicht länger befassen will – surrealistische Abenteuer noch, der Versuch etwa, einen heißen Tee aufs Zimmer zu bestellen, und seine kabarettreife Ausführung, die zuerst heißes Wasser, dann eine Tasse, dann einen Löffel, zum Schluß einen einzelnen Teebeutel an die Tür klopfen läßt und danach eine feierlich gedruckte Rechnung über ein paar Pfennige, aber die Zeilen entfernen sich immer weiter davon, sie traumwandeln im Hinterkopf, ferne Zuschauer in den Probenwochen, als Jakarta plötzlich in Berlin liegt oder in Köln, überall die indonesischen Netze, die indonesischen Nächte, ein Untergrunddschungel mitten in Städten, in denen mein Alltag davon nichts ahnen ließ, nur von weitem sehen sie zu beim Bühnenaufbau hier oder dort, bei den Aufführungen, silber- und goldene Atmosphären, Zikadenmusik, die Sirenenstimmen aus den Boxen –

Wo sind wir jetzt? Nicht mehr auf der Veranda, nicht auf der Bühne, nicht im Studio – eher wie im Niemandsland, in der Stunde zwischen Tau und Tag – *... wenn das Zirren wieder einsetzt und der Wind nach Mitternacht ... noch sind die Sterne zu sehen ... die ersten matten Vogelstimmen ...* – Gedichte ..., flüstert die innere Stimme wieder, und diesmal höre ich ihr zu ohne Widerstände, fast versöhnt nach der langen Reise, auf der die Argo fremde Gestade erreicht hat, überall Menschen entdeckt, Götter und Chimären, die Container verschifft – Gedichte ..., flüstert die Stimme,:... sind nicht das Ergebnis von Arbeit, sondern von Nicht-Arbeit ..., und in diesem Sinne sind sie auch keine Ergebnisse, sondern ihr schwer zu bezeichnendes Gegenteil: nicht Ereignis, nicht Geschenk, nicht Erscheinung, und doch von allem etwas ... – wir stehen auf diesem weiträumigen, kaum besiedelten Hochplateau, der Himmel noch nachtfarben im Westen, schon tintenblau im Osten, vom ersten Leuchten durchsetzt, blaue Licht-Tinte, als ließe sich damit weiterschreiben, in dieser bizarren Ruhe und Schönheit des Plateaus, das den meisten ein bißchen sauerstoffarm vorkommen mag, in seinen Farben und Tonfällen gesucht karg oder in seinen überwältigenden Lichterscheinungen ziemlich metaphysisch – aber es *ist immer dieser Ort, an dem die Zeilen durch die Zeit wandern, reale Stimmen und Körper nur hier, Niemandsstimmen, Niemandskörper – doch die Wahrheit ist: alles treibt, pulsiert, reist weiter, alles und alles spricht –*

Brigitte Oleschinski, geboren 1955 in Köln, lebt und arbeitet als Lyrikerin in Berlin. Sie erhielt 1998 den Peter-Huchel-Preis und 2001 den Ernst-Meister-Preis.

Gedichtbände: Mental Heat Control *(Rowohlt 1990)*, Your Passport is Not Guilty *(Rowohlt 1997)*. *Prosa:* Die Schweizer Korrektur *(gemeinsam mit Durs Grünbein und Peter Waterhouse, Engeler 1995)*, Reizstrom in Aspik. Wie Gedichte denken *(DuMont 2002)*.